AF312344

VILLE DE LILLE.

CATALOGUE

D'UNE TRÈS-BELLE COLLECTION

D'OBJETS D'ART ET DE CURIOSITÉS

CONSISTANT EN

IVOIRES ANCIENS ET MODERNES, BRONZES,

MÉDAILLES,

TABLEAUX, VITRAUX, ÉMAUX,

Porcelaines étrangères, Poteries Flamandes,

UN SUPERBE BAHUT,

BOIS SCULPTÉS, ETC.

LIVRES SUR LA NUMISMATIQUE

ET LES BEAUX-ARTS, etc., etc.

Le tout composant le Cabinet de feu **M. DUJAT**, de **Lille**,

ET DONT LA VENTE AUX ENCHÈRES AURA LIEU EN SON DOMICILE

rue d'Angleterre, 50,

les Lundi 15, Mardi 16 et Mercredi 17 Juillet 1861,

de neuf heures à midi et de deux à six heures du soir,

par le ministère de Mᵉ Félix PAJOT, commissaire-priseur, rue des Fossés, 12,

assisté de M. César CARLIER, numismate, rue de Paris, 184,

et de M. CATTEAU, antiquaire, grande place Comines, 3.

EXPOSITION PUBLIQUE

Le Dimanche 14 Juillet, veille de la vente, de dix heures du matin
à quatre heures du soir.

Le Catalogue se distribue en l'hôtel des Commissaires-Priseurs,
grande place, 9, et chez MM. les Experts.

Avertissement.

Les antiquaires connaissent depuis trop longtemps le cabinet de **M.** Dujat, dont nous publions aujourd'hui le catalogue ou plutôt une simple nomenclature pour qu'il soit nécessaire d'en signaler ici toutes les raretés.

Sans être d'une importance hors ligne il se recommande cependant à l'attention des amateurs éclairés par quelques pièces d'un très-beau travail et d'une exécution remarquable ; comme aussi par le grand nombre de curiosités de toute espèce qui s'y trouve rassemblé : nous laissons donc aux connaisseurs le soin d'apprécier le mérite de l'ensemble de ce cabinet qui a coûté à son auteur autant de recherches que de sacrifices.

Quant à la belle suite de médailles de la révolution et de l'empire, que **M.** Dujat a réunie, il suffira aux curieux en ce genre de parcourir la liste de ces monuments d'une époque si intéressante de notre histoire pour y reconnaître les raretés qu'elle renferme et parmi lesquelles nous pouvons citer quelques plombs et clichés, plusieurs médailles de fer de Palloy, une partie de la série Lyonnaise, et enfin de médailles - décorations des fonctionnaires publics qui se présentent très-rarement dans les ventes.

Toutes les pièces qui composent cette collection sont, à peu d'exceptions près, authentiques et d'une belle conservation.

OUVRAGES CITÉS DANS CE CATALOGUE.

Histoire Numismatique de la Révolution française, par Hennin, in-4, Paris 1826.

Numismatique Lilloise. Essai par Ed. Vanhende, in-8, Lille.

Trésor de Numismatique et de Glyptique, ou recueil général de médailles, monnaies, etc., gravées d'après le procédé de M. Ach. Colas. Paris 1834-44 ; indiqué par les lettres T. N.

Lille, imp. de Blocquel.

CATALOGUE

DU CABINET DE M. DUJAT,

Amateur, à Lille

Curiosités, Antiquités et Objets d'Art.

Faïences diverses.

1 Onze assiettes anciennes.
2 Deux plats bleus
3 Deux plats en couleurs.
4 Deux plats fabrique de Hollande.
5 Deux plats à sujets chinois.
6 Deux plats bleus à côtes.
7 Deux plats à fond bombé.
8 Deux plats en couleurs.
9 Deux plats de Rouen.
10 Trois plats de faïence.
11 Deux grands plats à côtes.
12 Deux plats en couleurs.
13 Un plat bleu à côtes.
14 Une fontaine en faïence.
15 Deux plats avec galerie à jour et à anses, signé J. B. Wilmart.
16 Vieille faïence de Hollande, belle peinture.
17 Un plat faïence italienne.
18 Deux plats faïence italienne.
19 Un pot, une tirelire et une truelle à jour.
20 Un pot avec son couvercle.
21 Un pot forme théière.
22 Un chinois (porte - montre), faïence du pays.
23 Une saucière, faïence du pays.
24 Un pot bleu avec couvercle et garniture en argent.

Poterie en grès de Flandre.

25 Un pot.
26 Un autre pot.
27 Une petite cruche.
28 Une bouteille carrée.
29 Un pot rouge avec trophée de chasse en relief.
30 Un pot avec fleurs en relief.
31 Petite cruche avec fleurs en relief
32 Deux cruches.
33 Un petit pot avec sujets flamands en relief.
34 Une cruche avec son couvercle et à anse.
35 Une cruche autre genre.
36 Une statuette en faïence, représentant un indien.
37 Une id. représentant un chinois.
38 Une cruche.
39 Une gourde.
40 Un pot datant de 1500.
41 Une potiche à tabac représentant un sujet burlesque.

Objets en lave.

42 Un pot avec son couvercle.
43 Un autre pot.
44 Une tasse.
45 Un mortier à piler.

Objets en verre.

46 Un baromètre.
47 Un autre baromètre.
48 Une lampe veilleuse avec chaînes de suspension.
49 Un bénitier.
50 Un autre bénitier.
51 Une bouteille figurant une boule étamée.
52 Une pipe.
53 Une canne.

Porcelaine.

54 Une petite théière, deux tasses du Japon et une cuillère à sucre.
55 Une levrette.
56 Deux petites statuettes faisant pendants.
57 Une petite pantoufle (Saxe).
58 Un petit éléphant.
59 Une petite fleuriste (Saxe).
60 Joli groupe de musiciens (Saxe).
61 Deux coupes en Sèvres richement ornées en bronze doré.
62 Trois manches de couteau et une pomme de canne (Japon).
63 Une tête de pipe.
64 Deux petites statuettes faisant pendants.
65 Un sucrier avec sujet, et un en porcelaine dorée.
66 Un bougeoir, un éteignoir et trois porte-allumettes.
67 Deux petites statuettes.
68 Deux bouteilles laquées.
69 Trois statuettes et un serin sous globe.
70 Trois porte-allumettes, un encrier
71 Une potiche à tabac, sujet burlesque.
72 Un petit chinois.

Objets en biscuit.

73 Un petit amour sur un encrier en porcelaine doré.
74 Un buste.
75 Une cruche représentant un sujet.
76 Deux statuettes en terre cuite, signées L. Desbordes.

Plâtres et autres.

77 Six bustes d'artistes.
78 Quatre petits sujets en lave, une poire en coco, et deux petites têtes de religieux.
79 Un encrier en marbre.
80 Minéraux, pétrification, lampe romaine, deux petits plateaux et menus objets.

Cuivre.

81 Une paire de flambeaux.
82 Sept flambeaux divers, gothiques, Louis XIII et autres anciens.
83 Deux bénitiers.
84 Quatre lampes anciennes dont une à suspension.
85 Deux encensoirs dont un style Louis XIII.
86 Deux appliques de même époque à une lumière.
87 Un calice gothique.
88 Quatre lanternes dont trois très-anciennes.

Curiosités en cuivre.

89 Trois triptyques garnis d'émaux, style bysantin. *Travail remarquable*.
90 Deux croix à deux faces, très-anciennes.
91 Un petit Christ sur croix, en bois noirci, et une S.te Cécile en repoussé.
92 Deux anciennes pommes de canne et un aigle.
93 Un dessus de râpe à tabac, une ratisette et une belle châtelaine ancienne.
94 Un lot de plaques de diverses époques.

Statuettes en cuivre.

95 Une statuette sur socle.
96 Une statuette de femme.
97 Un amour et un cheval.
98 Deux petites statuettes faisant pendants.
99 Deux petites statuettes : Napoléon I.er et Louis XVIII.
100 Vénus et l'Amour.
101 Deux statuettes anciennes, homme et femme.
102 Statuette sur socle riche.
103 Statuette dorée, un guerrier portant une lance.
104 Une autre idem.
105 Une statuette représentant un saint.
106 Deux guerriers armés d'une lance.
107 Un autre.
108 Une clochette avec ornements en relief.
109 Un ours portant deux statuettes et une décoration enrichie de pierres brillantes.
110 Un Amour et une petite gourde.
111 Un Amour et une jolie tête de pipe.
112 Garnitures en cuivre finement ciselées.

Bronze.

113 Deux ânes, porte-cigares et baguiers.
114 Deux statuettes, homme et femme, faisant pendants.
115 Deux statuettes et un cavalier chinois.

116 Deux manches de couteau , ornés ; une boîte à tabac , un débouchoir et
   une statuette découpée à jour , en fer.
117 Une pendule-applique très-ornée.
118 Un couteau à lame et manche d'argent , et une fourchette très-ornée.
119 Une levrette.
120 Trois couteaux anciens richement ornés.
121 Un couteau poignard.
122 Un idem ancien.
123 Un couteau de chasse.
124 Une gaîne richement sculptée.
125 Un petit poignard manche en ébène.
126 Un grand couteau de chasse avec gaîne en argent.
127 Couteau arabe avec gaîne garnie en argent,
128 Une cuirasse.
129 Deux sabres-poignards.
130 Une paire de pistolets anglais garnis en argent.
131 Un autre pistolet.
132 Une hallebarde.
133 Une épée avec fourreau en corde.
134 Une petite épée princière habillement ciselée.
135 Un petit poignard dans son fourreau de fer.
136 Un casse-tête et un poignard démonté.
137 Une panoplie ou trophée d'armes diverses.
138 Une autre faisant pendant.
139 Un porte-bannière en fer , style gothique , et une bannière en soie , bro-
   deries anciennes.

Gravures.

140 Deux trompe-l'œil , sous verre.
141 Deux autres.
142 Deux petits idem ; cadres anciens.
143 Deux petits tableaux sous verre.
144 Le testament de Louis XVI et deux tableaux d'assignats.
145 Portraits de Charlotte Corday , de Jean-Paul Marat et de Joseph Barra ,
   sous glace.
146 Deux petits tableaux encadrés sous verre.

Peintures à l'huile.

147 Deux petits tableaux sur cuivre , faisant pendants , attribués à Franck.
148 Deux autres tableaux sur porcelaine , représentant des amours ; fine
   peinture , cadres dorés.
149 Portrait de Louis-Philippe , sur porcelaine.
150 Peinture fine sur cuivre , représentant Jésus au jardin des olives , attribuée à Franck. Son cadre est en bois de chêne sculpté dans le style
   Louis XIII.
151 La Sainte Vierge , sur cuivre.
152 Miniature sur ivoire , représentant une S.te Madeleine.

153 Un tableau peint sur bois , peinture russe.
154 Miniature représentant une femme et un enfant.
155 Un portrait d'homme.
156 Un idem , cadre en cuivre.
157 Deux paysages peints sur bois, attribués à Michaux, cadres dorés.
158 Un autre paysage sur bois , genre de Berghem.

Emaux.

159 Quatre petites salières.
160 Deux petits encriers.
161 Une boîte à mouches.
162 Une tabatière avec sujets.
163 Une boîte avec attributs maçonniques , jolie peinture.
164 Une boîte garnie en argent.
165 Boite riche en cuivre doré , avec peinture sur émail.
166 Un petit médaillon.
167 Deux sujets religieux.
168 Collection des douze Césars (très-difficile à rencontrer).
169 Deux sujets : S t Jean de Dieu et S.t Simon.
170 Deux émaux : l'intérieur de la S.te Vierge et S.t Jérôme.
171 Une vierge , signée par Lodin avec son adresse dans un faubourg de
        Limoges.
172 Tableau représentant une Gloire , sujet religieux.
173 Un tableau en émail , grisaille.
174 Une très-jolie coupe avec peintures.
175 Un bas-relief en cuivre , repoussé bien ciselé représentant Jésus au
        jardin des olives.
176 Autre bas relief en cuivre , repoussé doré , sous verre.
177 Un petit tableau représentant une chasse , une jolie boîte de montre
        et un portrait.
178 Un bénitier en repoussé avec une vierge en argent.

Objets en bois sculptés.

179 Deux anilles de sommier , en chêne.
180 Deux têtes d'anges et un petit panneau d'ornement.
181 Bas-relief représentant la Sainte Famille.
        Larg. 0,31 cent. sur 0,40 cent. de haut.
182 Chapelle en chêne sculpté avec vierge dans la niche.
        Larg. 0,50 cent. sur 0,79 cent. de haut.
183 Deux statuettes représentant une vierge et une religieuse , en bois
        de chêne.
184 Une râpe en buis richement sculptée.
185 Un casse-noisette en buis sculpté.
186 Trente cavaliers , tours et autres statuettes en buis , faits pour un jeu
        d'échecs , exécuté probablement pour un haut personnage.
187 Deux petits guerriers en buis sur consoles , représentant des têtes
        d'ange.

188 Une statuette en chêne , finement sculptée , sur socle richement orné , style Louis XIV.
Haut. 0,16 cent.
189 Un groupe de deux statuettes , S.te Anne faisant lire la Vierge.
Haut. 0,17 cent.
190 Une jolie Vierge en buis , sur socle.
191 L'adoration des Mages , bas-relief en marbre.
192 Une S.te Vierge et l'Enfant Jésus , en buis.
193 Bas-relief en buis encadré , représentant des enfants jouant avec une chèvre.
194 Deux statuettes en racines , droleries chinoises.
Haut. 0,18 cent.
195 Très-beau meuble dit bahut , de 1615 , admirablement orné et garni de gradins également ornés.
Ce meuble n'a subi que de légères réparations.

Vitraux et Tabatières.

196 Trois panneaux avec deux médaillons à chacun.
Larg. 0,61 cent. sur 0,90 de haut.
197 Charles V , peinture dans une bordure en cuivre.
198 Un vitrail rond , grisaille.
199 Deux figures entourées de compartiments en verre de diverses couleurs.
200 Deux médaillons en grisailles.
201 Trois autres idem avec sujets en couleurs.
202 Quatre petits panneaux avec divers sujets.
203 Neuf tabatières , qui seront vendues séparément, en agate , en cuivre ciselé doré , en ivoire avec sujets en grisaille, idem avec sujets en relief , avec assignats , en coco et à secret.
204 Cinq tabatières : en écaille avec sujet repoussé en argent , en vernis martin garnie d'argent avec sujet peint , en écaille avec peinture , avec incrustations en nacre , avec peinture.
205 Cinq tabatières, bonbonnières et boîtes , en écaille avec peinture , en agate garnie en argent , en vernis martin , dorée avec peinture , une avec deux portraits homme et femme , en ivoire et en écaille avec sujets en peinture.
206 Huit autres : en cuivre avec pierre aventurine , en argent avec sujet en repoussé , en os sculpté, en ivoire , garnie en argent , en ivoire avec blason sculpté , en ivoire avec armoiries sculptées , idem sculptée , une autre idem en hauteur sculptée.

Ivoires.

207 Un petit éléphant et un dé à jouer.
208 Un calvaire finement sculpté , une inscription de Christ et une tête de mort.
209 Un petit bas-relief représentant une scène flamande.
210 Deux autres idem.

211 Une râpe à tabac. Deux dessus de râpe.
212 Un bas-relief en médaillon , époque Louis XIV.
213 Un bas-relief encadré.
214 Deux autres bas-reliefs sculptés à jour, encadrés sous verre , repré-
    sentant des combats.
215 Draperie en ivoire sur laquelle se trouve la tête du Christ en haut relief.
216 Bas-relief représentant la Sainte-Vierge
217 Bas-relief représentant un calvaire. Le Christ entouré des deux larrons
    et de saintes femmes.
218 Bas-relief représentant une tour au pied de laquelle se trouvent deux
    petits sujets , homme et femme , remplissant des besoins naturels.
219 Petite statuette en pied de Napoléon 1ᵉʳ, en argent, sur piédestal en
    ébène , et un petit lion aussi en argent sur socle en or. — *Ces deux
    objets ont été faits par M. Dujat.*
220 Une statuette représentant un prêtre grec.
221 Une statuette sur piédestal en ébène.
222 Un groupe. La fuite en Egypte.
223 Un enfant posant l'un de ses pieds sur une tête de mort.
          Haut. 0,08 cent.
224 Statuette représentant un amour vainqueur.
225 Un joli éventail et une couronne garnie de pierres.
226 Un Christ en ivoire d'un seul morceau , sur croix en ébène.
227 Une statuette du XII.ᵉ siècle, style byzantin, représentant un empereur.
228 Un vidrecome sur socle avec bas-relief représentant des combats ; le
    couvercle, en ébène, est surmonté d'un enfant jouant de la guitare.
229 Un bénitier avec bas relief, sur un fond sculpté en dentelle , représen-
    tant une Résurrection.
230 Deux jolis manches richement sculptés , représentant des sujets chinois.
231 Deux statuettes faisant pendants : un malade et un apothicaire.
232 Une statuette genre Calot, représentant un estropié
233 Un groupe sur socle : S.te Anne faisant lire la Vierge.
234 Un saint , statuette.
          Haut. 0,15 cent.
235 Un S.t Etienne , diacre , statuette
          Haut. 0,18 cent.
236 Une femme pieuse , statuette très-ancienne.
237 Un enfant , statuette originale du XVI.ᵉ siècle.
          Haut. 0,14 cent.
238 Un S.t Jean-Baptiste , statuette.
          Haut. 0,11 cent.
239 Un enfant ayant un pied posé sur une tête de mort, statuette.
          Haut. 0,14 cent.
240 Buste de Voltaire.
241 Une statuette.
          Haut. 0,14 cent.
242 Le Temps , statuette.
          Haut. 0,17 cent.
243 Un guerrier romain armé ; travail remarquable du siècle de Louis XIV.
244 Un idem avec carquois et flèches , même époque.
          Haut. 0,17 cent.
245 Un S.t Etienne , diacre.
          Haut. 0,17 cent.

246 S.t Roch , statuette.
>Haut. 0,17 cent.

247 S.t Sébastien , statuette.
>Haut. 0,17 cent.

248 Un Hercule , statuette.
>Haut. 0,17 cent.

249 Une Sainte , statuette en faïence , attribuée à Palissy.
>Haut. 0,22 cent.

250 Mater Dolorosa , groupe.
>Haut. 0,12 cent.

251 La Vierge au raisin et l'enfant Jésus , travail flamand.
>Haut. 0,11 cent.

252 Un mannequin , enfant habillé ayant la tête , les avant-bras et les jambes en ivoire : le reste du corps est en bois

253 Un joli Christ.
>Haut. 0,22 cent.

254 La Vierge , s. Pierre et s. Paul , trois statuettes sur socles en marbre noir , cannelé , attribuées à Duquesnoy et gravées dans le journal *L'Illustration* du 3 septembre 1853.
>Hart. 0,14 cent.

255 Un magnifique bénitier d'un travail soigné et d'une grande richesse d'ornementation ; digne de figurer dans l'oratoire d'une grande dame.
>Larg. 0,18 cent. sur 0,40 cent. de haut.

256 Très-beau Christ monté sur une croix à pied derrière laquelle se trouve l'inscription suivante presque effacée : « Donné au père François-Marie » de Paris, par M. Pétré le fils, pour le grand autel des Capucins du » Marets 1678. »
>Haut. 0,37 cent.

257 S.t Ignace , grande statuette.
>Haut. 0,45 cent.

258 Jésus–Christ mis au tombeau : superbe morceau sculpté en bas et haut relief. Très-beau travail du XVI.ᵉ siècle , encadré avec soin et mis sous verre.
>Haut. 0,15 cent. Larg. 0,17 cent.

Les lots non catalogués seront vendus au commencement et à la fin de chaque vacation.

CATALOGUE DE MÉDAILLES

de la Révolution française, de l'Empire

ET MÉDAILLES DIVERSES.

Révolution Française.

1 Louis XVI. R. Règne de la Loi. Ecu de six livres, écu de trois livres, deux pièces de 30 sols et une de 15 sols.

2 Une autre série.

3 République Française. Ecu de six livres. Louis XVI. Ecu de trois livres, une pièce de 30 sols et trois de 15 sols.

4 Siége de la Bastille. Ex. Prise par les citoyens de la ville de Paris. Deux clichés variés. Hennin 23, étain et plomb
——— Ex. Epoque du 14 juillet 1789, dédié aux patriotes. Hennin 24, cliché, étain.
——— Ex. Dédié aux électeurs de 1789, par Palloy, patriote. Hennin 26, plomb.
Arrivée du roi à Paris. Ex. le 6 octobre 1789 Hennin 62, plomb.

5 M. P. J. R. J. G. Motier. Marquis de Lafayette. R. Le général Lafayette passant en revue la garde nationale de Paris, 1789, br.
Mort de M.gr Louis-Joseph-Xavier-François, dauphin de France, 1789. Sans revers. T. N. Pl. 11. 8, étain.
A la Gloire de la Nasion (sic) 1789. Dans le champ : Prisse de la Bastil (sic), sans revers, inédit, plomb.
Représentation des trois ordres. Trois pièces diverses.

6 Vive Louis XVI. R. Ouverture des Etats Généraux. Hennin 4, étain.
Vainqueurs de la Bastille. Hennin 36, cliché à bélière.
Les Désirs accomplis, sans revers. Hennin 51, étain.
L'immortel Neckere (sic). R. Le Père du peuple, variété. Hennin 54, étain.
Camp fédératif tenue (sic) à Paris le 14 juillet 1790, sans revers. Hennin 149, étain.

7 Démolition de la Bastille ; pâte dans un cercle de cuivre doré.
Bague avec les bustes de Marat et Lepelletier.
Vainqueurs de la Bastille (cachet en verre). Hennin 36.
Relief du cachet précédent , également en verre.

8 Louis XVI. Restaurateur de la liberté française. R. Abandon de tous
les privilèges. Hennin 59 , br.
Louis XVI. Roi des Français , père d'un peuple libre. Ex. Assemblée
des électeurs de Paris , le 17 juillet 1789. R. Liberté assurée.
Hennin 41 , br.

9 M. Necker , le vrai père du peuple. R. Epoque à jamais mémorable.
Triomphe complet du Tiers-Etat. Hennin 48. Deux pièces variées , étain
Les Désirs accomplis. Hennin 51 , étain.
L'immortel Neckerc (sic). R. Le Père du Peuple. Hennin 54 , étain.
L. P. d'Orléans , l'Ami du Peuple , 1789. Hennin 99 , étain.
Necker , ministre d'Eta (sic). Que tout le peuple soit reconnaissant à
M. Neker (sic) bienfaisant. T. N. pl. X , 6 , étain.

10 Vive Louis XVI pour le bonheur de son peuple. R. Ouverture des
Etats-gén. le 4 Mai 1789. Hennin 5 , étain.
Régénération de la France. A Louis XVI père des Français. R Ex.
Louis XVI perre (sic) du peuple Hennin 69 , 2 exemp. étain.
Fédération martiale. Ex. Tample de la Concorde (sic). R. Le patrio·
tisme et la liberté nous a réunis. Hennin 152 , étain.
La Confédération nationale , etc. R. Vue du Champ de Mars. T. N.
pl. XXI , 3 , étain.
J. Ph. Chevalier , mouru (sic) pour la patrie , à Lyon 1793. R Marat
des nations défenseur intrépi. (sic), inédite , cuivre.

11 Ludov. XVI, Franc. et Navarræ rex. R. Conventus nobilium parisiensium. Hennin 8 , br.
Allégorie. A la gloire de la nation française. R. Législateurs ce métal
provient des chaînes de notre servitude , etc. Hennin 71 , fer.

12 Prise de la Bastille et du gouverneur. T. N. pl. VI , 1 , cliché , étain.
Siége de la Bastille. Cliché. T. N. pl. VI , 2 , étain
Allégorie. A la gloire de la nation française , deux clichés. Hennin 72 ,
cuivre et étain.
Autre allégorie. Fidel (sic) à la nation , au loi (sic) et au roi. Hennin
187 , cuivre.

13 Sans légende. Buste de Louis XVI , à gauche. R. Quadruble de
France 96 (sic) 1788. Hennin 67 , étain.
Avers semblable à celui de la pièce précédente. R. Sans légende. Un
trophée astronomique. Hennin 68 , étain.
Avers de Hennin 76 , sans revers , étain.
Il se donna la mort pour épargner un crime. R. Que cette médaille
formée des balles dirigées contre le sénat français , etc. Hennin
674 , étain.
Union des trois ordre (sic). R. Les trois ordres réunis , etc. Hen-
nin 13 , étain.
Repoussé. — Démolition de la Bastille , cuivre.

14 Jacques Necker Génevois, né en octobre MDCCXXXII. R. Vœu public satisfait. Hennin 44 , br.

Français sous cette emblême adorez votre roi. R Ce bon peuple qui m'est si cher. Hennin 124, br.

Quatre pièces en étain sur la mort de Louis XVI, de Marie-Antoinette et du dauphin.

15 Jacques Necker Génevois, né en octobre MDCCXXXII. R. Vœu public satisfait. Hennin 44 , br.

La Liberté a détruit le Despotisme. R. Ce métal provient des verroux de la Bastille. Fer dans un cercle en cuivre à bélière. Hennin 74.

16 A la gloire des Français, 14 juillet 1789. R. Vivre libre ou mourir. Hennin 33 , cuivre.

M. P. J. R. J. G. Motier, marquis de Lafayette. R. Vengeur de la liberté dans les deux mondes. Hennin 40, br.

J. Silvain Bailly, etc. R. Mérite reconnu. Hennin 38 , étain.

Le général Lafayette. R. Objet tour à tour d'idôlatrie, etc. Henn. 104, br.

17 Loge des Amis de la Paix. O.·. de Paris, deux pièces. Hennin 10 et 94 , argent.

18 Au Restaurateur de la Liberté françoise. R. Fidélité à la patrie, à la loi et au roi. Hennin 127 , cuivre doré.

Quatre jetons variés , cuivre.

19 Forts du port aux bleds de Paris. R. Fidélité à la loi (On a gratté les mots : ET AU ROI). Hennin 125 , à bélière , cuivre.

20 La Loi et le Roi. R. La publicité est la sauve-garde du peuple. Bailly M. (*Bailly Maire*), au bas sur la banderolle : 212. Hennin 86, à bélière , cuivre.

21 Louis XVI. Rex christianiss. R. Donné par le roi à J.-B.te Murget, etc. Hennin 7 , br.

Municipalité de Soissons , le 24 mars l'an 2.e de la liberté 1790. R. L'union fait notre force. Forts de la ville de Soissons. Hennin 126 , cuivre , à bélière.

22 République Française. Louis de 24 livres.

23 Deux dixains , l'un en métal de cloche et l'autre en cuivre rouge.

24 Commission du Conseil des anciens R. Loi du 19 brumaire an VII. Hennin 926 , à bélière , argent.

25 Conseil des Cinq cents. Ex. A Morin R. République française. Représ. du peuple. L'an V. Hennin 790 , à bélière , argent.

26 Fédération martiale de Lyon le 30 Mai 1790. R. Le patriotisme et la liberté nous ont réunis. Hennin 132 , argent.

27 Fédération martiale tenue à Lyon le 30 mai 1790. R. Le patriotisme, etc. Hennin 133 , cuivre argenté.

28 Allégorie. Sans légende. R. Caisse patriotique établie à Paris en 1791. Hennin 291 , argent.

29 Louis XVI restaurateur de la liberté française. R. La liberté à Paris XIV juillet , etc. Hennin 161 , étain.
L. Lafayette député à l'assemblée constituante en 1757. R. Il a commandé la garde nationale , etc. Hennin 299 , br.

30 Bonaparte, né à Ajaccio le 15 août 1769. R. La France lui devra la victoire et la paix. Hennin 836 , argent.
Variété de la même pièce. Hennin 835 , cuivre.

31 Conseil des Cinq cents. R. Hector S.t Prix représentant du peuple Hennin 681 , argent.

32 Liberté françoise. R. A la Convention nationale par les artistes réunis de Lyon. Hennin 387 , métal de cloche.

33 République Une et Indivisible. R. Constitution républicaine adoptée. Hennin 526 , argent.

34 —— R. Ere française commencée. Hennin 374 , br.

35 Exemple aux peuples. R. A la mémoire du glorieux combat du peuple . français , etc. Hennin 363 , br.
Variété de la médaille précédente , module plus petit. Hennin 364 , br.

36 District des Cordeliers. R. Sous la présidence de Georges Jacques Danton. Hennin 189 , cuivre.
Fourrier de la Garde N.le de Lyon R. 1790. Hennin 190 , cuivre.

37 Entrée des députés à la fédération. T. N. pl. XXI, 1 , étain.
Confédération des Français T. N. pl. XXI, 2 , étain.
Etats-généraux tenus à Versailles le 5 mai 1789. T. N. pl. II , 7.

38 Allégorie. Paix aux chaumières. Sans revers. Hennin 392 , étain.
Autre allégorie. Arcte ton couroux noprime le victime rend toi a son exemple l'action est magnanime (sic). Hennin 79 , cliché étain.
Victoire de Fleurus. Hennin 629 , cliché étain.
L. Silvain. Bailly proclame la loi martiale. Dans le champ son buste sur palmes et des lauriers Sans revers , étain , inédite.

39 Confédération générale des députés de la France , jurée au Champ de Mars. Sans revers. T. N. pl. XXI , n.º 5 , plomb.
Le peuple Fr. (français) reconnaît l'Etre Suprème et l'Immortalité de l'âme. Sans revers. T. N. pl. LII , 6 , plomb.
Bustes de Max. Robespierre et de Cécile Renaud , plomb , inédit.
Sans revers. Donné sur les décombres de la Bastille , le 9 avril 92 an 4 , par Palloy , patriote , etc. , plomb.

40 Les états-généraux tenu (sic) en France sous le règne de Louis XVI. R. Les trois ordres. T. N. pl. IV , 1.
Les trois ordres. T. N. pl. V , 1
Le Duc d'Orléans citoyen. R. Le père du peuple. T. N. pl. XV , 4.

Avers de la médaille précédente. R Soutien (sic) de la France. **T. N.** pl. XV , 3.

Lepelletier et Marat. Ex. Aux grands hommes la patrie reconnaissante , et autres pièces , étain.

Etat (sic) généraux tenu (sic) en France sous le règne de Louis XVI. R. Ci-dessous la France , etc. Hennin 14 , étain.

41   Louis XVI restaurateur de la liberté française. R. Salut et régénération de la France par l'assemblée n.^{le}. Hennin 176 , étain.

Allégorie. Fidel (sic) à la nation , au loi (sic) et au roi 1789. R. Place de la liberté sur le terein (sic) de la Bastille , 2 pièces. Hennin 187, ét.

Allez dire à ceux qui vous envoient que nous sommes ici par la volonté du peuple , etc. Ex. Honoré Gabriel C.te de Mirabeau (inédit), cliché en étain.

Der dood von Ludouiq XVI. Konig von Frankreich (*La mort de Louis XVI roi de France*). R. L'échafaud dressé. Ex. 1793.

Une autre médaille sur le même événement, sans date. T. N. pl. XLI, 10 , étain.

42   Droits de l'homme , etc. Sans revers. Hennin 359. Email sur cuivre doré , à bélière.

43   Fédération du département de l'Aube. R. Nous avons fait serment de maintenir le tout. Hennin 128 , étain.

Ville affranchie le 5 e jour de la 1.re décade du 2.e mois de l'an II. R. De la Bastille Lyonnaise. Hennin 548 , étain.

Bustes de Maxim. Robespierre et de Cécile Renaud. R. Bustes des mêmes. Hennin 636 , étain.

Buste de Letellier. Il se donna la mort pour éviter un crime. R. Que cette médaille, etc. Hennin 671 , étain.

Honneurs funèbres rendus à Michel Lepelletier. T. N. pl. XLII , 7. Sans revers , étain.

A la lanterne l'abbé Maury Cliché inédit , étain.

44   Assassinat de Marat par Charlotte Corday. T. N. pl. XLIII, 9 , étain.

Allégorie. A la gloire immortelle du 14 juilliet (sic). R. Célébration de la paix continentale le 25 Messidor an 9. Anniversaire du 14 juilliet (sic) 1789. Deux beaux clichés par P.re F.ois Palloy. T. N. pl. LXXXVI , 6 , étain.

45   La Bastille. R Prise de la Bastille , 14 juillet 1789. Hennin 30. Deux pièces étain.

Vive la liberté. Ex. et les districts. R. Mourir pour la patrie voilà notre devoir. Hennin 78. Deux variétés , étain.

P Auguste Adet résident de la rep. fran. près de la r. de Genève. R. Elle en présage d'autres. Deux variétés. Hennin 647 et 648.

Commune affranchie , 20 prairial an 2. R. Un triangle rayonnant. T. N. pl. LIII, 1 , étain.

Réunion des trois ordres , petit cliché , étain.

46   Autel patriotique de Leyssard , le 14 juillet. R. A. J. L. Mathieu, curé et comm ^{t} de la garde n.^{le} de Leyssard. Hennin 172 , étain.

Confédération du dép.t de l'Orne. R. Mourons pour la défendre. A l'Ex
    A Alençon le 14 juillet 1791. Hennin 211 , cuivre.
Deux calendriers républicains , pour la 3.e et la 4.e années , cuivre.
Confédération national (sic). R. Nous jurons de maintenir, etc. Hennin
    171 , étain.

47   Marat des nations défenseur intrépide. R. Joseph Chalier mourut pour
    la patrie à Lyon 1793. Hennin 586 , cuivre.
   Le Génie les réunit pour l'utilité du commerce. R. Canal du Centre
    ouvert en septembre 1792. Hennin 887 , cuivre
   Médaille de la nation française. R. La Nation , la Loi , le Roi. Hennin
    184 , étain.
   Au cultivateur laborieux. R. Prix d'agriculture fondé par G. T. Raynal.
    Hennin 88 , cuivre argenté.
   Je rends le d.er soupire (sic). Trois ouvriers démolissant la Bastille. R.
    . Du sein de ma mère, etc. Variété du n.o 186 , à bélière , étain.

48   Constitution , Liberté. R. Fédération nationale des français à Paris , le
    14 juillet MDCCLXXXX. Hennin 155 , cuivre.
   Actions de la Loi, médaille à bélière , sans revers Hennin 572 , cuivre.
   Première leçon que donne la liberté. R. Prix de l'école de Sorèze. Hen-
    nin 758 , cuivre.
   7.e arr nt Association pour l'instruction du peuple. Sans revers, inédite,
    cuivre.
   Copie d'un cachet , et un petit cliché de la République.

49   Société des sciences et des arts de Bordeaux , an VI. R. L'utile joint à
    l'agréable. Hennin 863 , cuivre.
   Mente manu que. R. Société des inventions et découvertes , le 7 janvier
    1791. Hennin 204 , cuivre.
   Loge des Amis de la Paix. R. Or.˙. de Paris. Hennin 94 , cuivre.
   Tête d'Apollon. R. Société philotechnique fondée l'an 9 , 1795. Hennin
    827 , cuivre.
   Consociare amat. R. Liberté , Egalité. Hennin 828 , cuivre.

50   Variété du jeton précédent. Hennin 829.
   Mente manu que. R. Société des invent.s et décou.tes 7 janvier 1791.
    Hennin 205 , cuivre.
   Société du commerce de Rouen , 8 frimaire an V. R. Cuncta-Serena
    Facit. Hennin 754 , cuivre.
   Société de médecine de Paris. R. Consultations gratuites , 22 mars 1796.
    Hennin 722 , cuivre.
   Les intéressés aux fonderies de Maromme , 1790. R. Fonderies de
    Maromme près Rouen. T. N. pl. XXIX , 4, cuivre.

51   A. map of France 1794. R. May Great Britain aver, etc. Hennin 650.
   Société de médecine de Paris. R. Consultations gratuites. Ex. 22 mars
    1796. Hennin 722 , cuivre.
   Louis XVI. Jeton de la collection des rois de France , cuivre.
   Virtute nihil obstat et armis. Ex Victory of the nile aug. 1, 1798. R. Sub
    hoc signo vinces. Hennin 857 , br
   **Ant. Laur. Lavoisier. R. L'an 9 , Ph. Gengembre essayait de perfec-
    tionner les monnaies , br.**

52 Douze repoussés représentant les bustes de Marie-Antoinette , Marie-Thérèse , du général Junot, Alix Beauharnais, Bonaparte , etc. , cuiv

52 bis Onze repoussés en cuivre avec les bustes de Louis XVI , Louis Ch. dauphin , Mirabeau , Jérôme Petion , etc.

53 All' Italico. R. L'Insubria liberata. Hennin 793 , argent.
Italicus. R. Alex. Buonaparte post. Hennin 814 , étain.
Arrivée à Fréjus. R. Bonus eventus. Hennin 921 , br.

54 Buonaparte général en chef de l'armée d'Italie. Dessous : Civ. et art. Lug. off. (*offert par les citoyens et fabricants de Lyon*). R. A Buonaparte l'Italique, le 26 v.^{re}, l'an VI (métal de cloche). Hennin 815.
A Bonaparte vainqueur et pacificateur. R. Le X messidor an VIII, Bonaparte a posé la 1.re pierre de la grande place de Lyon. T. N. pl. LXXVIII , 3 , cuivre.

55 Le gén.^l Kléber né en 1753 R. Surnomé (sic) l'hercule français, etc. T. N. pl. LXXVII , 13 , cuivre.
Variété de la médaille précédente , cuivre.
Le général Desaix , né à Ayat en 1768. R. Brave , juste , il deffendit , etc (sic). T. N. pl. LXXVII , 9 , cuivre.
Variété de la médaille précédente. T. N. pl. LXXVII , 10 , cuivre.
Bonaparte 1.er consul de la répub.^e fran.^{se} R Il affermit par des victoires , etc. , pl. LXXX , 7.

56 Buonaparte général en chef de l'armée d'Italie. R. Voilà soldats le fruit de vos travaux. Hennin 769 , argent.
Lycée des arts. R. Aux arts. Hennin 397, et trois autres jetons , cuivre.

57 République française. R. Conseil d'état. T. N. pl. LXXIV , 6 , br.
Armes de la ville de Paris. R. Aux bonnes citoiennes (sic), le 8 octob. 1789. Hennin 64 , br
Je jure d'être fidel (sic) à la nation et à la loi. R. Le vœu du peuple n'est plus douteux pour moi. Hennin 217 , cuivre.
Confédération des français. R. Ex. à Paris le 14 juillet 1790. Hennin 142 , cuivre.

58 J. Silvain Bailly , né à Paris le 15 sept. MDCCXXXVI. R Mérite reconnu. Hennin 37 , br.
Message du roi à l'assemblée nationale. R. Le vœu du peuple n'est plus douteux. Hennin 218 , br.
Médaille sur le même sujet , 220 , br
J. Jacques Rousseau , né à Genève 1712. R. Contrat social. Livre 3 , chap. 1. Hennin 306 , br.

59 Louis XVI Franc. et Nav. rex R. L'an 4.e de la liberté le 14 mai 1792, l'assemblée nationale a décrété, etc. Hennin 354, grand module , br.
Un citoyen de sauvé le 11 août 1790 Hennin 175 (cliché en cuivre), et deux autres pièces.

60 Louis XVI roi des Français R. Etablissement de la mairie de Paris. Ex. J. Silvain Bailly premier maire élu le 14 juillet 1789. Hennin 39 , br.

Ludovic XVI. Franc. et Navar. rex. R. Præm. in acad. reg. pict. et sculp.
Par. Hennin 287 , br.
République française. R. Paix et amitié entre la France et la Russie.
T. N. pl. LXXXV , 2 , cuivre.

61 Mairie de Paris. R. Trésor de la ville sauvé et conservé le 5 oct. 1789.
Essai de cette médaille sur plan circulaire. Hennin 60 , br. inédit.
Revers du n.º 60 Hennin , cliché cuivre.
Louis XVI roi des français père d'un peuple libre R Actions de la loi
Hennin 295 , br.

62 Louis XVI roi des françois. R. Arrivée du roi à Paris. Hennin 63 , br.
République u..e et indivisible. R. Constitution républicaine adoptée.
Hennin 526 , cuivre.
Lud. XVI D. G. Fr. et Nav. rex. Mar. Ant. Austr. Reg. (*Louis XVI par
la grâce de Dieu roi de France et de Navarre. Marie-Antoinette
d'Autriche , reine*). R. Natus XXIII Augusti 1754. Successit 10 Maii
1774. Decollatus le 21 Januarii 1793 (*né le 23 août 1754. Roi le 10
mai 1774. Décapité le 21 janvier 1793*). Hennin 463 , br.

63 Ludwig 16. M. Antonia , etc. (*Louis XVI et Marie-Antoinette*). R. Ex.
D. 21 janua. D. 16 october 1793 (*le 21 janvier , le 16 octobre 1793*).
Hennin 544 , argent.
Buonaparte général en chef R. Voilà soldats valeureux , etc. Hennin
767 et 768 , deux variétés , cuivre et étain.

64 Fédération nationale. Ex. 30 juillet 1790. R Union , Force et Prospérité.
Hennin 174 , étain.
Tête d'Hippocrate à dr. R. Societas med. Paris. 'nstit. 22 Mart. 1796.
Hennin 721 , br.
District des Cordeliers. R. Sous la présidence de Georges Jacques Dan-
ton Hennin 189 , cuivre.

65 Deficiant vires non animus. R. La nation , la loi , le roi , pièce ovale sans
bélière. Hennin 284 , br.
Ludovic XVI. Franc. et Navar. rex. R. Præm. in acad. reg. pict. et sculp.
Par. Prix de l'académie royale de peinture et de sculpture de Paris.
Hennin 287 , br.
Buonaparte général en chef de l'armée d'Italie. R. Voilà soldats valeu-
reux le fruit de vos travaux. Hennin 767 , cuivre.
Au roi d'Etrurie. R. Marie-Louise à Joséphine. T. N. pl. LXXXV , 6 , br.

66 Lud. XVI. 21 janvier 17-93. Mar. Ant. D. XVI oct R. Der Unsterblich-
keit , etc. (*Les couronnes de l'immortalité ne peuvent être ravies par
un peuple furieux*). Hennin 545 , étain.
Le général Buonaparte. R. A son nom Rome tremble. Hennin 797 , cuivre.
Lud. XVI Rex Christianiss. R. Consociare amat ; jeton en argent.
Lud. XVI. Rex Christianiss. R. Les armes de la ville de Paris dans une
cartouche. Ex. Officiers passeurs d'eau.

67 Louis XVI D. G. Fr. et Nav. rex. Mar. Ant. Aust. Reg. , etc. Têtes accolées de Louis XVI et de Marie-Antoinette. R. Crimemque rotantes ,

etc. (*Et en secouant cette chevelure ensanglantée les français effrayè-*
rent les peuples par leurs hurlements lugubres). Hennin 465, br.
Louis XVI et M. Antoinette roi et reine de France. R. Half penny ; l'é-
chafaud dressé. T. N. pl. XLV, 7, avec la date de 1795, cuivre.

68   Maria Anton. Austr. Fr. et Nav. regina (*Marie-Antoinette d'Autriche*,
etc) Dessous : nat. 2 nov. 1755. Nup. 16 may 1770. Cor. 11 jun. 1775
(*née le 2 nov. 1755, mariée le 16 mai 1770, couronnée le 11 juin*
1775). R. Attara venit victima (*Encore une victime*). Hennin 533, br.
Compagnie de grenadiers volontaires ; seulement le revers du n.º 103,
Hennin, cliché en étain.
Buonaparte libérateur de l'Egypte. R. Le héros rendu à sa patrie. Hennin 922, étain

69   La Liberté dans une couronne de laurier. R. A l'immortalité. Hennin
398, br.
Respect à la loi. R. Respect à la loi, médaille à bélière, cuivre doré.
Jeton. Lud. XVI Rex christianiss. R. Protecteur de l'académie française.
Dans une couronne de laurier : à l'immortalité, br.

70   Fédération de Versailles. R. La nation, la loi, le roi. Hennin 139, br.
Liberté française. R. A la Convention nationale par les artistes réunis
de Lyon. Hennin 387. Métal de cloche.
Vivre libre ou mourir. Faisceau dans le champ ; au-dessous une fleur de
lys. R. La loi, le roi. Dans le champ : 1792 et un triangle, cuivre.
Réunion des français le 10 août 1793. R. Nous jurons de défendre la
Constitution. Hennin 528, médaille à bélière, cuivre doré.

71   Même médaille que la précédente. Hennin 528, sans bélière, cuivre doré.
Confédération nationale de Paris. R. Du règne de Louis XVI, roi d'un
peuple libre. Hennin 147, métal de cloche.
Buonaparte général en chef, etc. R. In udine, etc. Hennin 819, cuivre.
Coches de la Haute-Seine. R. An six. Hennin 860, br.
Au roi d'Etrurie. R. A Marie-Louise, Joséphine. T. N. pl. LXXXV, 6, cuiv.

72   La liberté conquise le 14 juillet 1789. R. Ignorante datos ne quesquam,
etc., médaille en losange à bélière Hennin 34, cuivre.
Liberté et Constitution. Ex. Fédération de Versailles. R. La Nation, la
Loi, le Roi. Hennin 139, cuivre.
Jeton sur la mort de Louis XVI et de Marie-Antoinette. Variété d'Hennin
547, et trois autres jetons variés, cuivre.

73   Ludovicus XVI. Galliæ rex, etc. R. Heu nimis sero manant. Hennin
473, argent.
La nation, la loi, le roi. R. J Jerbeault inventeur d'une machine, etc.
Hennin 348, cuivre.
Petite pièce ovale en cuivre, gravée, avec le buste de Louis XVI et la
légende : Louis XVI roi des Français, 1792.

74   Nourished to torment (*nourri pour tourmenter*). Ex. 14 july 1791 (14
juillet 1791). R. Our food is sedition (*notre nourriture est la sédi-*
tion). Hennin 212, cuivre.
Les habitants de Reims reconnaissants. à J. B. Blavier, etc. R. Une
Renommée planant au-dessus du globe. Hennin 503, br.

75 République française. Ex Représ du peuple. L'an VI. R. Conseil des Cinq-cents. Hennin 846 , br.

76 République française. Représentant du peuple, l'an VI. R. Conseils des Anciens. Hennin 845 , br.

77 Fédération martiale. Ex. Temple de la Concorde. R. Force , Union et Prospérité. Hennin 129, variété , cuivre doré.
Commissaires civils. R. La nation, la loi et le roi. Hennin 188 , br.

78 Têtes accolées de Jean Fernel et d'Ambroise Paré. Ecole de médecine de Paris. R. Prix de l'école pratique, an VI. Hennin 862 , br.

79 Service du conseil des 500. En bas : Dupuis. R. Tout homme utile est respectable (Le nombre 500 est remplacée par les lettres TAT). Hennin 682 , à bélière cuivre doré.

80 Têtes accolées de Jean Fernel et d'Ambroise Paré R. Aedes académi et scho chirurgico (*Palais de l'académie et de l'école de chirurgie*). Hennin 643 , br.

81 Première leçon que donne la liberté. R. Prix de l'école de Sorèze. Hennin 758 , argent
Bustes de Marat, Lepelletier, Chalier, Bara et Viala , morts victimes de la liberté. Hennin 582 , repoussé en cuivre.

82 Sur les ruines du despotisme s'est élevé (sic) la liberté R. Législateurs n'oubliez jamais le serment , etc. Hennin 349 , fer.

83 Bustes de Marat , Lepelletier, Chalier , Barra et Viala, sans légende et sans revers. T. N. pl. XLIX , 5.
Les martyrs de la liberté, leurs bustes. En bas : yon ; repoussé.

84 Institut national des sciences et arts. R. Dans une couronne de laurier : P. Picot-Lapeyrouse associé. Hennin 727 , argent.

85 Hommage fait par P. F Palloy à chaque représentant du peuple. Le 9 thermidor le sénat a été reconnu (sic) bien mériter d'un peuple libre. Hennin 669 , fer.

86 Louis XVI Franc. et Navarræ rex. R. Conventus nobilium Parisiensium. Hennin 8 , br.
Allégorie. Revers : Confédération des français. Hennin 143 , cuivre.
Autre médaille sur le même sujet. Hennin 144 , cuivre.
Fédération martiale. Ex Temple de la Concorde. R. Force et Union. Variété du n.º 129. Hennin , étain.

87 Allégorie. Sans revers Hennin 874 , br.
A map of France 1794. R. Earl how et the glorious first of June. Voyez T. N pl. LIV , 6, et deux autres pièces, cuivre.

88 La Liberté debout. R République française. Loterie nationale. Hennin 810 , cuivre.
Rcard admiral Lord Nelson of the nile R. Almygty god had blessed , etc. Ex. Victory of the Nile 1798. Hennin 852 , br.

89 Encouragements et récompenses à l'industrie. Ex. Aux arts utiles. Rép.
Fr. Hennin 871 , br.

90 Société de médecine de Paris. R. Prix d'émulation. Hennin 725 , br.
A l'humanité. R. Prix de la société de médecine de Paris. Hennin 724, br.

91 Elle fera le tour du monde. Ex. L'an 2. R. Liberté ton soleil c'est l'œil
de la montagne. Hennin 630 , cuivre doré.
Régénération française. R. République française , 5 décimes l'an 2.
Hennin 608 , cuivre.

92 Ant: Laurent Lavoisier , né à Paris le 16 août 1743. R. Les sciences et
la patrie pleurent cet illustre savant. Hennin 620 , br.

93 Les arts nourrissent l'homme et le consolent. R. Prix décerné par la
Fraternité. Dans le champ : Lycée des arts. Hennin 576 , cuivre.

94 Robespierre jeune, représentant du peuple. R. Honneur aux défenseurs
de la patrie. Hennin 549 , deux clichés en étain.
Car. Lud. arch. aust. belg. præf. R. Fusis Fugatis Galles MDCCXCIII.
Hennin 502 , cuivre.
Pièces de deux et cinq sols du siége de Mayence. Hennin 504 , 505.
Obsidionale de Luxembourg 1795. Hennin 659.
Obsidionale de Mantoue. Hennin 909.

95 Petit Monneron à l'hercule. Hennin 439 , br.

96 Monneron à l'hercule. Hennin 435.
Les bustes de Lepelletier, Chalier et Marat. Hennin 583, repoussé argent.

97 Sans légende. Un chateau. R. 1792. Hennin 393 , cuivre.
Lycée des arts. R. Aux arts. Hennin 397 , argent et cuivre.
Honoré Riquetti Mirabeau. R. Métal de cloche. Hennin 405.

98 Ecole nationale de dessin. R. Assiduité , Figure , Ornement et Architec-
ture , ensemble trois jetons. Hennin 394, 395 et 396 , cuivre.
La Liberté debout. R. A l'immortalité. Hennin 398 , br.

99 Assignats Lefevre Lesage et C.ie Pièces de 20 , 10 et 5 sols. Hennin 440,
442 et 444 , argent.

100 Louis XVI Roi des Français 1791. Sans revers. Pièce d'essai dans un
cercle en cuivre , étain. Hennin 325.
Honoré Riquetti Mirabeau. R. Pur métal de cloche. Hennin 375.

101 Droits de l'homme. Décoration sans revers. Hennin 359 , cuivre doré ,
à bélière.

102 Cinq Monnerons de cinq sols et deux de deux sols.

103 J. Jacques Rousseau. R. Contrat social. Liv. 3, chap. 1. Hennin 307 , br.
Variété de cette médaille. Hennin 308 , br.
J. Jacques Rousseau. R. A J. J. Rousseau , par le peuple de Genève.
Hennin 557 , étain.
J. Jacques Rousseau. R. Panthéon ouvert à J. Jacques Rousseau. Hen-
nin 639 , cuivre.

104 Lafayette député à l'ass. nat. constituante, né en 1757. R. Il a commandé
   la garde nationale parisienne. Hennin 299 , br. doré.
   Variété de la pièce précédente. Hennin 302 , br.
   Autre variété. Hennin 303 , br.

105 Avers allégorique. R. Confédération des français. Hennin 140, cuivre.
   La France régénérée. R. Pacte fédératif. Hennin 148 , cuivre.
   Le Démosthènes françois. R. Honoré Riquetti Mirabeau a mérité les hon-
   neurs décernés par la nation , etc. Hennin 210 , cuivre doré.

106 Allégorie. Exergue lisse, R. Confédération des français. Hennin 143, arg.

107 Fédération martiale. R. Force, union et prospérité. Ex. XXX mai
   MDCCXC. Hennin 129. Coin varié, cuivre.
   Fédération martiale tenue à Lyon 1790. R. Le patriotisme et la libert
   nous ont réuni. (sic) Hennin 134, étain.

108 Forts du port aux bleds de Paris, au bas de la cartouche n.º 35. R. Fidélité à la loi et au roi. Sur la tranche : Nicolas Bruandet. Hennin
   125 , à bélière, cuivre.

109 Ph. Fr. Dietrich, premier maire. R. Vue de la ville de Strasbourg. Ex.
   Liberté. Hennin 123, étain.
   La France régénérée. R. Pacte fédératif le 14 Juillet 1790. Hennin
   148 , étain.

110 M.is De Lafayette, M.al de camp, etc. R. Comp. des grenadiers volontaires du 111.e bat.on VI.e div.on, 1789. Hennin 103 , cuivre.
   République française. R. Constitution républicaine. Hennin 526 , br.
   L'espérance de tous les peuples. R. La liberté ou la mort. Hennin 564,
   à bélière, cuivre
   Bonnes mœurs, travail assidu. R. Prix d'émulation , Lyon. Hennin
   693 , cuivre.

111 Confédération des départements du Nord , du Pas-de-Calais, etc., à
   Lille. R. La nation, la loi, le roi. Hennin 137, à bélière, cuiv. doré.
   A Paris le 14 Juillet 1790. R. Confédération des françois. Hennin 142,
   à bélière, cuivre doré.

112 Confédération des départements du Nord , à Lille. R. La nation, la loi,
   le roi. Hennin 127, à bélière, cuivre doré.
   Respect à la loi. R. Respect à la loi; pièce formée de deux plaques
   formant boîte. LI. 6.
   République française. R. Action de la loi. Tribunal d'appel. T. N. pl.
   LXXXI, 4. Variété, cuivre doré.

113 Pacte fédératif 14 Juillet 1790. R. Nous jurons, etc. Hennin 165 , à
   bélière, cuivre doré.
   Pacte fédératif à Paris. R. Nous jurons de maintenir la constitution
   Hennin 168 et 169, à bélière, cuivre doré.

114 Pacte fédératif. Ex. 14 Juillet 1790. R. Nous jurons, etc. Hennin 165 .
   à bélière, cuivre doré.
   Respect à la loi. R. Respect à la loi. Hennin 360, à bélière, cuiv. doré.

115 Un faisceau planté en terre, à gauche : le coq et la Bastille ; à droite : un
autel fumant. R. Allégorie du pacte fédératif, coin varié. Hennin 156,
à bélière, cuivre doré.
Les arts nourrissent l'homme et le consolent. R Prix décerné par la
fraternité fondé en 1792. R. Dans le champ : Lycée des arts. Hennin
576, cuivre doré, à bélière.

116 Barnabites. R. Une église et une cloche brisée, médaille ronde à bélière.
T. N. pl XXXII. 9, cuivre doré.

117 République française. Egalité, service des comités R. Convention nationale, liberté, service des comités. Hennin 372, cuivre, à bélière.

118 République française, an VIII. R. Liberté, égalité. Corps législatif,
T. N. pl. LXXVI. 1, br.

119 République française, ex. an VIII. R. Tribunal, liberté, égalité, T. N.
pl. LXXVI. 2, br.

120 La même pièce, mais avec J. A. Perreau, tribun., br.

121 Huissiers du gouvernement. R. A. Dupuis, à bélière, T. N. pl. LXXXI.
11, cuivre doré.

122 République française. R. Action de la loi, tribunal de première instance,
T. N. pl. LXXXI. 7, (gravée par Ameling), à bélière, cuivre doré.
République française. R. Action de la loi, tribunal criminel, T. N.
pl. LXXXI. 6, à bélière, cuivre doré.   -

123 République française. R. Action de la loi, tribunal de première instance,
sur la tranche : Département de la Seine, an VIII. M. Viel, huissier
audiencier, T. N. pl. LXXXI. 7, à bélière, cuivre doré.
Variété de la médaille précédente T. N. pl. LXXXI, n.º 4 et p. 110 n.º 7.

124 Municipalité d'Avignon, république française. R. Les noms des officiers
municipaux, médaille ronde, à bélière, inédite, cuivre.

125 République française une et indivisible. R. Nous jurons, etc. Hennin
529, à bélière, cuivre doré.
Respect à la loi. R. Respect à la loi, médaille formée de deux plaques
réunies. Hennin 570, à bélière, cuivre argenté.

126 République française, an 8. R. Santé publique. T. N. pl. LXXIX. 7, br.

127 République française, poste aux lettres, courrier de L... Dans le champ :
sûreté, célérité. Sans revers, émail.

128 République française, commissaire national. R. Paix, secours, liberté,
egalité et fraternité à tous les peuples nos amis, à bélière, émail
et cuivre doré.

129 Commissaire du pouvoir exécutif. R. Respect à la loi, à bélière, émail
et cuivre doré.

130 Tribunaux révolutionnaires. Sans revers, émail et cuivre doré.

131 La loi et la paix, plaque en émail dans un cercle en cuivre doré.

132 Autre plaque émaillée.

133 Autre variété.

134 Variété de la précédente.

135 Juge de District. R. La loi, à bélière, émail et cuivre doré.

136 Commission militaire à Feurs. R. Le peuple souverain. Vengeance n.^{le},
2 pièces ovales gravées. T. N. pl. LI. 1, étain.

137 La loi. R. La loi, émail et cuivre doré.

138 Buste de Marat. Buste de Chalier, T. de N. pl. XLIII. 4 et 6. deux
médailles coulées, cuivre.

139 A Paris le 14 Juillet 1790. R. La confédération des français. Hennin
140, à bélière, cuivre doré.

140 La sagesse fixe la fortune. R. Banque de France, T. N. pl. LXXVI. 3, arg.
République française. R. Comptabilité n.^{le}, T. N. pl LXXIX, deux
clichés en étain.

141 Respect à la loi. R. Respect à la loi, médaille ovale à bélière, cuivre
doré, *inédite*.
Comité révolutionnaire du canton Lepelletier, dans le champ: La liberté; au dessous: mort aux tyrans, étain gravé.

142 Tribunal révolutionnaire, la loi. Sans revers, émail et cuivre doré.

143 Commissaire des guerres. R. La loi, émail et cuivre doré.

144 Huissier de la salle du corps législatif. R. La loi, émail et cuiv. doré.

145 Juge de paix. R. La loi et la paix, émail et cuivre doré.

146 La loi. R. La loi, émail et cuivre doré.

147 République française. Légion du Nord, émail dans un trophée de drapeaux; plaque en cuivre repoussé.
Repoussé en cuivre doré représentant la république, pièce mise sous
verre dans un cercle en cuivre doré, avec bélière.

148 Métal de la cloche Georges d'Amboise faite en 1501. R. Monument de
vanité détruit pour l'utilité. Hennin 568.
Première leçon que donne la liberté. R. Prix de l'école de Sorèze.
Hennin 758, cuivre.
S. J. B. Warren. R. Brest Squadron défeat.^{d} off Tory Island, étain,
Hennin 872.

149 Durch Deutsche Tapferkeit befreyt. R. Vue d'un monument. Hennin
376, br.
Wilhem IX. Der hissen. R. Frankfurt. Hennin 377, étain.
Surveillant aux démolitions, repoussé en cuivre, avec bélière, 575.
République française. R. Département de la Seine. Tribunaux civil et
criminel. 691, cuivre.

150 Passage du Pô, de l'Adda et du Mincio. R. Le peuple français à l'armée
d'Italie, etc. Hennin 736, br.
Société de santé de Lyon. R. Prix d'émulation. Hennin 692, cuivre.
Bonnes mœurs, travail assidu. R. Prix d'émulation. Hennin 693, cuiv.

151 Les trois ordres. Hennin 15, cuivre bronzé.
Représentation des trois ordres. R. Les état (sic) généraux tenu (sic),
à Versaille (sic) du règne de Louis XVI. Hennin 19, étain.
J. Silvain Bailly. R. Membre des trois académies. Hennin 37, bronze.
L'immortel Neckere (sic). Hennin 54, étain.
Le père Duchesne. R. Vivre libre ou mourir. Hennin 110, étain et plomb.
Pour la constitution et la liberté. R. C'est le prix de ses vertus. Hennin
163, étain.

152 Armes de Meaux. R. Pro annona. Hennin 66, étain.
Camp fédératif tenue (sic) à Paris le 14 juillet 1790. R. Fédération
martiale. Hennin 149.
Joseph Chalier. Hennin 512 et 513; deux clichés, étain.
La liberté ou la mort. R. L'espérance de tous les peuples. Hennin
564, cuivre.

153 Municipalité de Lyon. Bureau des établissements publics. Dans le champ:
La république posant la main droite sur un faisceau et tenant de la
gauche une pique surmontée du bonnet, *inédite*, étain gravé.

La liberté ou la mort. R. L'espérance de tous les peuples. Hennin 564,
médaille coulée, cuivre.

154 Bataille de Millesimo. Combat de Dego. R. Le peuple français à l'armée
d'Italie. Hennin 733, br.
Bataille de Castiglione. Combat de Peschiera. R. A l'armée d'Italie.
Hennin 743, br.
Reddition de Mantoue. R. A l'armée victorieuse. Hennin 784, br.

155 Conquête de la Basse Egypte. R. Les trois pyramides de Ghizeh. Hen-
nin 850, br.
Conquête de la Haute Egypte. R. Un crocodile enchaîné à un palmier.
Hennin 896, br.
Tête Bonaparte, de face. R. L'Egypte conquise. Hennin 879, br.

156 Joseph Haynd. R. Hommage à Haynd. T. N. pl. LXXX. 4, br.

Bonaparte premier consul de la république. R. Paix de Lunéville. T. N.
pl. LXXXII. 5, br.
Allen Volkern offnet sic die meere. R. Dem. Zwirchen S. K. K. Moi, etc
T. N. pl. LXXXIII. 3, cuivre.

157 L. Ph. d'Orléans, l'ami du peuple. T. N. pl. XV. 1, étain.
Les martyrs de la liberté. Buste de Marat, Lepelletier, Chalier, Barra
et Viala Dessous: Lyon, *inédit*, étain.
Vivandier (sic de l'armée des Pyrénées Orientales. Dans le champ : un
arbre de liberté, un faisceau et un drapeau surmonté d'un bonnet,
le tout relié par une bandelette, médaille à bélière, *inédite*.

158 Stets Leits sie friede. Ex. Lunéville. R. Wann Tagtn Auch thier. T. N.
pl. LXXXIII. 6, argent.
Aux braves du dép.ᵗ du Rhône. R. Il sera élevé dans chaque département une colone (sic) à la mémoire, etc. LXXIX. 2, cuivre.

159 Service intérieur du premier consul. T. N. pl. LXXV. 3, cuivre doré
et cuivre argenté, deux pièces.
Consuls de la rép. fr. R. Service de l'intérieur du palais. T. N. pl.
LXXV. 12, cuivre.

160 Junius Brutus, sans revers. Hennin 756, br.
Virgilius Maro. R. Capitulation de Mantoue. Hennin 781.
Songez que du haut de ces monuments, etc., sans revers. Hennin 849,
étain ; plus sept autres pièces.

161 Couronne murale. R. Récompense n.ˡᵉ donnée à J. V. Communeaux,
vainqueur de la Bastille, à bélière, cuivre doré.
Une autre couronne plus petite, trois bonnets phrygiens en cuivre doré
et une petite croix en argent.

162 Passage du Tagliamento. R. A l'armée d'Italie. Hennin 787, cuivre.
République française. R. Respect à la loi. Hennin 834, br.
Buonaparte, etc. R. La France lui devra la victoire et la paix. Hennin
834, cuivre.

163 Bonaparte, premier Consul. R. Paix de Lunéville. T. N. pl. LXXXIII.
4, br.
—— R. Ex. Agents de change de Lyon. T. N. pl. XCIV. 6, cuivre.
—— R. Né à Ajaccio, etc. T. N. pl. XCIV. 6, cuivre.
Le bon vieillard. Sans revers, argent.

164 Vigilat ut quiescant. R. Lettres entrelacées. T. N. pl. XCII. 13, arg.
Conservation des propriétés. Droits de l'homme, plomb.
Buste de Lud. XVI rex christianiss. R. Métal de cloche. Dessous : 1791
dans un triangle accompagné de ces mots : clergé, noblesse, tiers-
états (sic) Lyon, médaille coulée, cuivre.
Conquête de la basse Egypte. T. N. pl. LXVIII. 7, et 5 pièces diverses.

165 Action de la loi. Trois médailles à bélière, cuivre doré.

166 Louis 16. Je meurs innocent et vous pardonne. Dans le champ ; le buste
de Louis XVI à gauche, argent. R. Digne fils de S.ᵗ Louis monte au
ciel, argent doré, médaille formée de deux plaques réunies dans un
cercle en cuivre, avec bélière, *inédite* (Comparez T. N. pl. XL 6.)

167 Récompense nationale. Ecole de Mars. République française. Dans le
champ : un niveau et au dessous un poignard coupant un épi de blé,
médaille octogone en cuivre doré. Sans revers, *inédite*.

168 Médaille-décoration. Un œil rayonnant dans un triangle découpé à jour ;
sur les côtés il est gravé : Conservation des effets nationaux, 10 août,
an 1.ᵉʳ de la rép. franç. Sous le triangle se trouvent deux sceptres
et une couronne renversée, *inédite*, cuivre doré.

169 J. Jac. Barthélémy. R. Viro rei antiquariae. Hennin 663 , **br.**
Bonaparte, général en chef, etc. R. Paix signée l'an 6 , Rép. **Fr.**
Hennin 811 , br.

170 Buste de Necker dans un médaillon en cuivre doré, avec bélière, sous
laquelle on lit : M. NECKER ; dans la bordure extérieure, l'inscription
suivante est gravée en relief : LUX REGIS SALUS. POPULI ANNO DOMI.
MDCCLXXXIX; la bordure intérieure porte cette légende gravée en creux:
Le nombre des députés du tiers état sera égal à celui des autres or-
dres à l'assemblée des état gén. (*sic*) , inédite.

171 L'Italie délivrée à Marengo. R. 20 francs, l'an 9 , or.

172 L'armée française passe le S.ᵗ Bernard. R. Bataille de Marengo , **T. N.**
pl. LXXVI. 9 , br.

173 Bonaparte premier consul. R. Le premier consul commandant l'armée
de réserve. T. de N. pl. LXXVII. 1 , br.
Honneurs rendus à Turenne R. Translation du corps de Turenne , pl.
LXXIX. 6 , br.

174 Bustes des trois consuls. Ex. Constitution de la rép. fran.ˢᵉ, an 8. R.
Colonne départementale. T. N. pl. LXXVIII. 9, grand module, **br.**
Allégorie. La victoire. R. Il sera élevé , etc. T. de N. pl LXXIX. 2, br.

175 L. Ch. Ant. Desaix. Ex. Bataille de Marengo. R. Le général Desaix
est blessé à mort, etc T. N. pl. LXXVII. 6 , br.
Bonus eventus R. Arrivée à Fréjus. T. N. pl. LXXIII. 10 , br.

176 Bonaparte premier consul, etc. R. Le peuple français à ses défen-
seurs, etc. T. N. pl. LXXVIII. 7, br.
Fondation du quai Desaix. R. République française , etc. T. N. pl.
LXXVIII. 8 , br.

177 Bonaparte, premier consul de la république. R. Le peuple français à
ses défenseurs. T. N. LXXVIII. 6 , br.
Bonaparte premier consul. R. Paix générale, an 10. T. N. pl. LXXXVII.
9 , br.
A Bonaparte, réédificateur de Lyon. R. Vainqueur à Marengo, etc.
T. N. pl LXXVIII. 5 , br.

178 Bonaparte, 1 ᵉʳ consul à vie. R. En ouvrant le canal d'Arles , etc. T.N.
pl. XCI. 9, br.
Napoléon Bonaparte. R. IV.ᵐᵉ année du consulat de Bonaparte. T. N.
pl. XCIV. 9, argent.

179 Bustes des trois consuls, etc. R. Paix intérieure. Paix extérieure. T. N.
pl. XC. 9, *gr. module* , br.

180 Bonaparte, pr. consul de la rép fran. R. Paix de Lunéville. T. N. pl.
LXXXII. 3 , br.
Bonaparte, premier consul. R. Paix de Lunéville entre la France et
l'empire. T. N. pl. LXXXIII. 7, à bélière, étain.

181 Bonaparte. R. Sagesse dans les conseils, etc. T. N. pl. LXXXII. 8, br
Attentat à la vie de Bonaparte. R. Les citoyens volent en foule vers
lui, etc. T. N. pl. LXXX. 2.

182 Bonaparte, premier consul à vie. R. En ouvrant le canal d'Arles, etc.
T. N. pl. XCI. 9.
Le traité d'Amiens rompu par l'Angleterre. R. L'Hanovre occupé par
l'armée française. T. N. pl. XCIV. 7.

183 Bonaparte, premier consul de la rép. fran. R. Vainqueur pacificateur.
T. N. pl. LXXXIV. 5, br.
Buonaparte, gén. en chef de l'armée d'Italie. R. Soldats valeureux, etc.
Hennin 766, 767, 768, cuivre.

184 Buste du général Bonaparte en uniforme. R. Bataille de Montenotte.
Hennin 731, br.
Bonaparte, général en chef. R. Soldats, du haut de ces pyramides, etc.
cuivre.
A Buonaparte, son buste. R. Resteaurateur (sic) de la liberté, étain.

185 La république tenant une couronne et une lance. R. Prix de vertu.
Comparez : Hennin 809, gr. module, br.

186 Bonaparte, premier consul. R. La ville de Lille reconnaissante. Van-
hende N.º 553, br.
Une pièce de 5 décimes au type de la régénération française et deux
Clémanson.

187 Le général Lafayette né en 7.bre 1757. R. Objet tour à tour d'idolatrie
et de haine. Hennin 106, cuivre.
J. Silvain Bailly né à Paris 7.bre 1736. R. Premier président de l'as-
semblée national (sic), etc., sans le numéro 4 ; sur la tranche :
Hennin 552, cuivre.
Alex. Beauharnais, gén. en chef de l'armée du Rhin en 1793. R. Le
roi part le 21 juin 1791. Hennin 631, cuivre.
J. J. Regis Cambacerès, 2.me consul de la rép. franç. et Charl. Franç.
Lebrun, 3.me consul (suite Lienard), cuivre.

188 Administrat. des comp. réunis de la guerre. R. Notre réunion fait notre
force, ex. l'an 7 de la rép. française. Hennin 911, argent.

189 Prise du palais de Broletto. R. Epoca della liberta Bresciana. Dans le
champ : bonnet de liberté et épée dans un couronne. 18. Marza
1797, cuivre.

190 Prix décerné par la paternité. Dans le champ : Lycée des arts. R.
Hic Pietatis honos. Hennin 578, cuivre.

EMPIRE.

191 Tête laurée de Napoléon, à dr. R. Auspice Napoleone gallia renovata. La décoration de la légion d'honneur. T. N. pl. I, 5, br.
Napoléon empereur (coin de Droz). R. En l'an XII 2000 barques sont construites. T. N. pl. II, 7, br.
Napoléon empereur. R. En l'an XII, le code civil est décrété. T. N. pl. II, 10.

192 Napoléon empereur, tête laurée. Dessous à dr.: Denon Dir. J. B. Droz. R. Le sénat et le peuple; *inédite*, argent.
Pius VII. P. M. R. Imperator sacratus. T. N. pl. III, n.º 14, br.

193 Pie VII à Paris. T. N. pl. III, 17, à bélière, argent.
Trésor public. Jeton octogone, argent.

194 Napolio Imperator. R. Tutela Præsens. Ex. Epulum solemne imperatoris, etc., gr module. T. N. pl. IV, 8, br.

195 Napoléon. Joséphine. Têtes accolées. Ex. Fêtes données à l'hôtel-de-ville, etc. T. N. pl. IV, 9, br.
Jos. Ign. Guillotin. R. Sancitis, etc. T. N. pl. XXIX, 22, cuivre.
Avers de la médaille précédente. R. Ex. med. academia par J. J. Guillotin præs. T. N. pl. XXXV, 7, argent
Xavier Bichat. R. Société de médecine d'émulation de Paris. T. N. pl. XXIII, 2, br.
L'armée française entrée à Moscou, le, etc. R. Bataille de la Moskwa (sic) gagnée par les français. Médaille coulée avec les légendes gravées, *inédite*, cuivre.

196 Ch. Michel de l'épée. R. Offert au souverain Pontife Pie VII, etc. T. N. pl. VII, 2, br.
Napoléon empereur. R. Napoléon roi d'Italie. T. N. pl. VII, 5.
Napoléon empereur et roi. R. Soumission de la Ligurie. T. N. pl. VII, 9.

197 Napoléon empereur et roi. Ex. sacré et couronné le 2 déc. 1804. R. Chambre de commerce d'Amiens. Jeton octogone, argent.
Académie celtique fondée an XIII. R. Sermonem patrium moresque requirit. T. N. pl. VIII, 12, argent.

198 Napoléon emp. et roi. R. L'empereur commande la grande armée. T. N. pl. VIII, 13, br.
—— R. Prise de Vienne et de Presbourg. T. N. pl. IX, 7, br.
—— R. Bataille d'Austerlitz. T. N. pl. IX, 9, br.

199 Panonia subacta, Ex. Aediles. Paris. Imp. R. De Germanis. Ex. Primitiæ Belli arma et signa, etc. T. N. pl. X, 2, br. gr. module.

200 Napoléon emp. et roi. Entrevue de l'empereur Napoléon et de l'empe-
reur François II. T. N. pl. X , 1 , br.
Empire français. Tribunal de 1.re instance, cuivre doré , à bélière. T.
N. pl. XI , 3.
Napoleo , etc. R. Pontem Rhodani feliciore situ restituit , etc. T. N.
pl. XII , 3 , br.

201 Napoléon emp. et roi (Coin de Droz). Dessous : Denon Direx MVCCCVI.
R. Prise de Vienne et de Presbourg MVCCCV à gauche , Denon à dr. ,
Galle fecit. Grenetis dans l'orle, *inédite* , br.
Napoléon, emp. et roi. R. Campagne de la grande armée. T. N. pl. XI,
13 , br
—— R. Les drapeaux français repris à Inspruck. T. N. pl. IX , 6 , br.

202 —— R. Campagne de 1805. T. N. pl. XI, 13 , br.
—— R. Paix de Presbourg. T. N. pl. X , 4 , br.
Tête de Napoléon (coin de Droz), sur le même événement , br.

203 Napoléon emp. et roi. R. Temple d'Auguste à Pola. Ex. L'Istrie conquise.
T. N. pl. XIII, 1 , br.
—— R. Temple de Jupiter à Spalatro. Ex. La Dalmatie conquise. T. N.
pl. XIII , 2 , br.
—— R. Conquête de Naples. T. N. pl. XIII , 5 , br.

204 Napoléon emp. et roi. R. Occupation d'Hambourg.T. N. pl. XIV, 16 , br.
—— Confédération du Rhin. T. N. pl. XIV, 4 , br.
—— L'empereur entre à Berlin. T. N. pl. XIV , 14 , br.

205 Têtes accolées de Napoléon emp. et de Charlemagne. R. Têtes accolées
de Witikind et de Frédéric Auguste, rois de Saxe T. N. pl. XV, 1, br.
Napoléon emp. et roi. R. Aux armées. T. N. pl. XVI, 10 , br.
Napolio imperator rex. R. Exercitu ad ienam deleto. XIV octob. MDCCCVI
T. N. pl. XIV , 8 , br.

206 Têtes accolées de Napoléon emp. et de Charlemagne emp. R. Têtes
accolées de Vitikind et de Frédéric Auguste, rois de Saxe. T. N. pl.
XV , 1 , argent.
Napoléon empereur.R. Ecole des mines du Mont-blanc.T.N. pl. VIII, 9, br.

207 Napoléon emp. et roi. R. Bataille de Friedland. T. N. pl XIX , 9 , br.
—— R. Campagnes de 1816 et 1817. T. N. pl. XIX, 11 , br.
Napolio imperator rex. R. Signis Ultra vistulam constitutis. T. N. pl.
XIX , 1 , br.

208 Neapolio imperator rex R. Bataille de Preuss-Eylau. T. N. pl. XIX, 6, br.
—— R. Erection du royaume de Westphalie. T. N. pl. XXI, 7 , br.
—— R. Libertas Dantisco restitua. T. N. pl. XXI, 1 , br.

209 Napoléon emp. et roi. R. Ex. J. Napoléon C. de Wurtemberg. T. N. pl.
XXI , 9 . br.
J. Napoléon C. de Wurtemberg. R. LL. MM. le roi et la reine de West-
phalie visitent la monnaie des médailles. T. N. pl. XXII , 3 , br.
Napoléon emp et roi. R. Alliance de Jérôme Napoléon et de F. C. S. D.
de Wurtemberg. T N. pl. XXI , 8 , **br.**

210 Traité de Presbourg rompu par l'Autriche. R. Ex. Batailles des 20 et 22
Avril MDCCCIX. T. N. pl. XXXI , 8 , br.
Napoleo Magnus gal. imp. It. rex. R. Hostibus Ubique Fusis caesis Cap-
tis. T. N. pl. XXXII , 15 , br.
Napoleo Gallor. imp. Ital. rex. R. Austriaeis Fulmine Deitis. T. N. pl.
XXXI , 9 , argent.

211 Napoléon empereur. (Voir le n.º 208 de ce catalogue) , br.
Napoléon empereur et roi. R. Route de Nice à Rome. T. N. pl. XXIII ,
16 , br.
Napoléon empereur. R. Bourse de commerce d'Anvers. T. N. pl. XXXVI,
6 , argent.

212 Napoléon emp. et roi. R. Les villes de Rome et Paris personnifiées. T.
N. pl. XXXII , 2 , br.
—— R. A Desaix T. N. pl XL , 8 , br.
Têtes accolées du roi et de la reine de Bavière. R. LL. MM. le roi et la
reine de Bavière visitant la monnaie des médailles. T. N. pi. XXXVIII
1 , br.

213 Tête laurée de Napoléon. R. Première décade du dix-neuvième siècle.
T. N. pl. XLV , 1 , br.
Napoléon empereur. R. S.t Honoré , jeton de la communauté des maî-
tres boulangers de Paris , argent.

214 Têtes accolées de l'empereur et de Marie-Louise. R. Napoléon-François-
Joseph-Charles roi de Rome. T. N pl. XLIX , 3 , br.
Neapolio imperator rex R. Urca Parisios Deducta. T. N. pl. XXXIII, 3, br.
Napoléon emp. et roi. R. L'Aigle française sur le Borysthène. T. N. pl.
LIII , 5 , br.

215 A l'empereur les bonnes villes de l'empire. R. Baptême du Roi de
Rome. T. N. pl. L , 13 , grand module , br.

216 Napoléon emp. et roi. R. L'Aigle française sur le Wolga. T. N. pl LIII,
11 , br.
—— R. Bataille de la Moskowa. T. N. pl. LIII , 6 , br.
—— R. Prise de Wilna. T. N. pl. LIII , 3 , br.

217 Napoléon-François-Joseph-Charles roi de Rome. R. Naissance du roi de
Rome T. N. pl. XLIX , 5 , br.
Napoléon emp. et roi. R. Février 1814. T. N. pl. LX , 7 , br.
Fatis propulsis neapolio , etc. R. Napoléon s'embarque à Rochefort. T.
N. pl. LXVII , 1 , br.

218 Sept clichés de Napoléon et de Joséphine ; étain.
219 Quinze médailles frappées pour le sacre de l'empereur et son mariage
avec Marie-Louise , etc. ; très-petit module argent et bronze.

220 Buste de Napoléon , mort V mai 1821. R. Napoléon porté sur des nuages
reçoit son fils. T. N. pl. LXIX , 1 , br.

221 Plaque de l'administration des postes aux lettres , argent.
Autre plaque. Courrié (sic) armée d'Italie , argent.

MÉDAILLES DIVERSES.

222 Mre Lefevre de Caumartin Chler garde des sceaus de Fr. (sic), sous le buste : T. Bernard F. R. Hic Pietas. Hic Prisca Fides 1622 ; gr. module , br.
Ludovic XIII D. G. Francor et Navaræ rex. R. Ut gentis tollut que primat que. Ex. 1623 ; br.

223 M. Angelus Bonarotus , Patricius Florentinus. R. Feliciter junxit. Ex. 1673 , br.
Léonardus Vincius Florentinus. R. Scribit quam suscitat Scribit artem. Ex. 1669 , br.

224 Carol. Alex. Loth. et Bar. Dux. Buste babillé à dr. R. Artium liberalium , etc. , Ex. Academiæ Belgicæ , argent.

225 Louis XVI roi et frère de bienfaisance. R. Association de bienfaisance judiciaire , établie en 1787. Dans le champ : Donnée à .... Grand module , br.
Têtes affrontées de Louis XVI et de Marie-Antoinette. R. Felicitas publicas. Ex. Natales Delphine Die XXII. Octobris MDCCLXXXI, argent.

226 Têtes accolées de Louis XVI et de Marie-Antoinette. R. Fêtes solennelles pour la naissance du dauphin. Ex. Le roi et la reine font une visite à l'hôtel-de-ville , le 21 janvier 1782. Très-grand module , br.

227 G. de Stassart , président de l'athénée de Vaucluse à F. Pétrarque. MDCCCXI R. Musis artibus arvis. T. N. pl. LII , bronze.
Décoration de S.te Hélène , br.

228 C. J. A. Baron de Stassart Buste à gauche. R. Les libéraux belges au baron de Stassart élu sénateur , etc , br.
Démocratie française. Tête de la République R. Massacres de la Gallicie. Dans le champ une potence sous laquelle on lit: Metternich , Brendt voués à l'exécration de la postérité ; cuivre.

229 Andre Hercules cardinalis de Fleury. Sous le buste: J. Dassier. Revers: His Pacem Reddidit armis. Ex. MDCCXXXVI ; br.
Avers: Attributs des sciences. R Prix de l'académie de Chaalons (sic). Ex. 1775 ; br.

230 Louis XVI. Ecu de six livres , écu de trois livres , deux pièces de 24 sols , deux de 12 sols et une de 6 sols.

231 Louis XVI. Ecu de six livres de 1789 , deux écus de trois livres , une pièce de 24 sols , une de 12 sols et une de 6 sols.

232 Gaule subalpine. Pièce de 5 francs et deux essais au génie, cuivre.

233 Jérôme Napoléon , pièces de 20 , 10 et 5 francs , or.

234 Série de monnaie helvétique, pièces de 5 francs, **2 francs**, **1 franc et** demi-franc.

235 Dollar, demi et quart de dollar, or.

236 Louis-Philippe I.er Essais des pièces de dix, cinq, deux et un centime.

237 Un lot de médailles, plombs et repoussés, de la révolution de 1848.

238 Décoration de Crimée et pièce de 5 lire du gouvernement provisoire de Lombardie, argent.

239 Huit décorations diverses. *Ce lot sera divisé.*

240 Un lot de médailles du duc et de la duchesse de Berry et d'Henri V; argent et cuivre.

241 Lot de médailles et plombs de la révolution de 1848, pour Lille, Cambrai, etc. Médailles à bélières de N.-D. de la Treille, et deux clichés d'une médaille frappée pour le bombardement de Lille en 1792.

242 Compagnie royale d'assurances. Jeton octogone, argent.
Le Nord. Compagnie d'assurances contre l'incendie. Vanhende 524 bis.
Deux empreintes de cachets maçonniques.

243 Napoléon III Empereur. R. Monument élevé à Napoléon I.er dans la Bourse de Lille. Vanhende 568, br.

244 Ville de Lille. R. Concours de chant d'ensemble et d'harmonie militaire. Vanhende 570, cuivre.
Aux gardes nationaux de Lille, Roubaix, Tourcoing, etc. R. 25 juin 1848. Vanhende 563.
LL. MM. II. Napoléon III et l'impératrice Eugénie, visitent la ville de Tourcoing, cuivre.

245 Rétablissement des processions à Lille. Vanhende 564, argent.
N.-D. de la Treille, patronne de Lille. R. Sixième jubilé séculaire, Vanhende 612, argent.
Autre médaille frappée pour la même circonstance. Vanhende 611, br.

246 Louis XIV. R. Exergue: Prise de Lille MDCLXVII. Vanhende 530, cuivre.
Inauguration du chemin de fer du Nord. La même pièce ayant à l'Ex.: Banquet de la gare de Lille. Vanhende 562. Inauguration de la colonne, cuivre.

247 Visite de Charles X à Cambrai. — Visite à Lille. Vanhende 558; deux pièces, argent.
Méreau de la corporation des orfèvres portant la date de 1736. Vanhende 558, cuivre.

248 Passage de Charles X à Valenciennes, br.
Napoléon III empereur. Avers de la pièce de 10 cent. R. Monument érigé à la Bourse. Vanhende 569, argent et trois exemplaires en bronze.
Avers de la médaille précédente R. Visite de LL. MM. II Vanhende 566, cuivre.
Loge des Amis Réunis. Vanhende 513, argent.

249 Loge des Amis Réunis. R. Gr.·. Or.·. de Lille. Vanhende 514, br.

250 Loge de l'heureuse Réunion. Vanhende 511, deux pièces argent et br.

251 Lot de jetons maçonniques de Lille. Vanhende 512, de Paris, etc., argent et cuivre, cinq pièces.

251 bis Louis-Philippe I.ᵉʳ. R. Banque de Lille, jeton octogone. Vanhende 520, argent.
Le Nord, compagnie d'assurances contre l'incendie. Vanhende 524 bis, cuivre.
Jeton de la caisse d'épargne de Lille. Vanhende 522, cuivre.

252 Quinze décorations ou bijoux maçonniques. *Ce lot sera divisé.*

253 Eug. Defacqz Gr.·. Mait.·. de l'ordre maç.·. en Belgique. R. Elu à l'unanimité II J.·. 5 m.·. Installé 8 J.·. 6 m.·. 5842. Gr.·. Or.·. de Belgique ; argent.

254 Frédéric P. R. des Pays-Bas. R. Instal.·. de la Gr.·. L.·. d'adm.·. des prov.·. mérid.·. du royaume des Pays-Bas, argent.

255 Joachim Napoléon, pièce de 5 lire. — Napoléon I.ᵉʳ, pièce de 2 francs de 1815. Monnaie de cuivre et de billon, etc. •

256 Vingt-cinq plombs et médailles de la révolution de 1848.

257 A. François P.ʳᵉ G.ᵐᵉ Guizot. Buste habillé, à gauche. Dessous : ses amis et ses admirateurs. R. Guizot à la tribune. Ex. Chambre des députés 26 janvier 1844 ; très-grand module, bronze.

258 Douze médailles variées de Napoléon I.ᵉʳ (coins modernes), petit module, br.

259 Lot de médailles, jetons et plombs de la révolution et de l'empire.

260 Cent cinquante jetons environ de Louis XVI, de la révolution et de l'empire.

261 Pierre gravée représentant le buste de Marat.

262 Une autre pierre gravée avec un buste de femme. — Un joli camée et un petit médaillon microscopique, renfermant sous verre les têtes accolées de Voltaire et de Rousseau.

263 Deux médaillons et une plaque ciselée ; cuivre.

264 Deux clefs de montre et cinq cachets de la république et de l'empire

265 Un cachet maçonnique.

266 Sous ce numéro seront vendues en divers lots, quantité de médailles que le temps ne nous a pas permis de cataloguer.

267 Un très-beau médailler en acajou, surmonté d'une très-belle étagère à trois gradins.

268 Quatre vitrines en chêne avec leurs tréteaux, pouvant servir à exposer des médailles.

NOTA. Le temps nous ayant manqué pour classer et rédiger convenablement le catalogue de cette précieuse collection : nous prions les personnes qui y remarqueraient des inexactitudes de vouloir bien nous les pardonner.

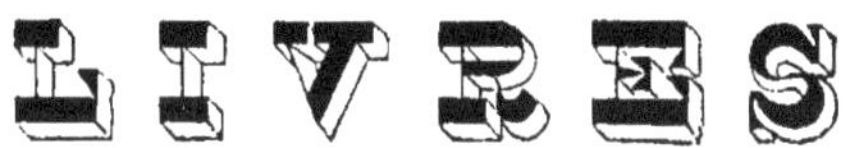

LIVRES

Littérature, Beaux-Arts et Numismatique.

1 La peau de chagrin par Balzac, in-8° illustré, dem. rel., d. en t. II. Delloye, Paris 1838.

2 Les mystères de Paris par Eug. Sue, 4 vol. in-8° illustr., dem. rel., n. r. Ch. Gosselin, Paris 1843.

3 Scènes de la vie privée et publique des animaux; vignettes par Granville. 2 beaux vol. in-8°, demi rel., n. r. d. en tête. Hetzel et Paulin, Paris 1842.

4 L'âne mort par J. Janin, édition illustrée par Tony Johannot, in-8°, dem. rel., n. r. doré en tête. Ernest Bourdin, Paris 1842.

5 Théâtre par Alex. Bernos, 2 vol. br. n. r. Lefebvre Ducrocq, Lille 1842. *Exemplaire neuf.*

6 Voyage où il vous plaira, par Alfred de Musset et P. Stahl, illustr. par Tony Johannot, in-8°, demi rel., n r. d. en t. J. Hetzel, Paris 1843.

7 Stephane Flachat. Exposition des produits de l'industrie en 1834, gr. nombre de pl. gr., in-8°, dem. rel.

8 Le Juif errant par Eug. Sue, illustr. par Gavarni, 4 vol. in-8°, dem. rel., n. r. Paulin, Paris 1845.

9 Les cent-et-un Robert-Macaire, par Maurice Alhoy et L.is Huart, 2 vol. in-4°, avec gr. nombre d'illustrations, dem. rel. Aubert et C.ie, Paris 1839.

10 Lettres d'Abailard et d'Héloïse, par T. Oddoul, 2 vol. in-8°, illustrés, dem. rel., E. Houdaille, Paris 1839.

11 C. Mullié. Fastes de la France. Tableaux chronologiques et géographiques de l'histoire de France, in-f° cart. 1841.

12 Les métamorphoses du jour, par Granville, fig. coloriées, in-8°, n. r., dem. rel., d. en t. G. Havard, Paris 1854.

13 La revue comique à l'usage des gens sérieux, gr. in-8°, illustr., dem. rel. Dumineray, Paris 1848-1849.

14 Les cent proverbes, illustr. par Granville, in-8°, dem. rel. H. Fournier, Paris 1845.

15 Le diable à Paris, illustr. par Gavarni, 2 vol. in-8°, dem. rel. n. rog. d. en t. J. Hetzel, Paris 1845.

16 Les petites misères de la vie humaine, par Old. Nick et Granville, in-8°, illustré, dem. rel., d. en t. H. Fournier, 1843.

17 Un autre monde, illustr. par Granville, gr. in-8°, fig. noires et color., dem. rel., d. en t. H. Fournier, Paris 1844.

18 OEuvres complètes de Molière, in-8°, fig. et portr., dem. rel., doré en tête. D. Cavaillès, Paris.

19 La France pittoresque, par A Hugo, gr. nombre de fig., 3 vol. in-4°, n. r., dem. rel., Delloye 1835.

20 La Bible, par Lemaistre de Sacy, 3 vol. gr. in-8°, avec gr. nombre de gravures sur acier, *superbe exemplaire*, n. r., dem. rel., d. en t. Paris 1837.

21 Album de musique de V.or Parizot, in-4°, rel., 1846.

22 OEuvres de Béranger, édition illustrée par J. J. Granville, 3 vol. in-8°, dem. rel. (Dewatines), n. r., d. en t. H. Fournier aîné, 1836.

23 Histoire de Lille, par Victor Derode, 3 vol. in-8°, fig., dem. rel., d. en t. Béghin 1848. *Très bel exemplaire.*

24 Histoire de N. D. de la Treille, patronne de la ville de Lille, fig., in-8°, dem. rel., Lille 1851.

25 Album du moyen-âge, composé et exécuté par Midolle, renfermant un gr. nombre de pl. gravées., Strasbourg 1836, in-f° oblong.

26 B. Clavel. Histoire pittoresque de la franc-maçonnerie, illustr. de 25 belles gravures sur acier, in-8°, dem. rel., n. r., d. en t. Pagnerre, Paris 1845.

27 Manuel maçonnique ou tuileur des divers rites de maçonnerie pratique en France, in-12 avec 32 pl., dem. rel. Setier, Paris 1830.

28 J. C. B.*** (J. C. Beyerlé). Précis historique de la franc-maçonnerie, suivi d'une biographie des membres les plus élevés, etc., 2 vol. in-12, dem. rel. Bazot Rapilly 1829.

29 Manuel du franc-maçon, orné de gravures allégoriques, 2 vol. in-12,
   dem. rel., Paris 1835.

30 Histoire des sociétés secrètes, politiques et religieuses, etc., par Pierre
   Zaccone, illustr. de 32 grav. sur acier, avec types coloriés, 5 vol.
   in-8°, dem. rel. H. Morel, Paris 1847.

31 Musée de peinture et de sculpture. Ecoles d'Italie et Espagnole, 6 vol.
   Allemande, Flamande et Hollandaise, 3 vol. Française et Anglaise, 3
   vol. Sculpture antique, 1 vol. Sculpture moderne, 1 vol. Notices bio-
   graphiques, 2 vol. Les amours de Psyché, 1 vol. Les loges du Vati-
   can, 1 vol. Tables, 1 vol., en tout 19 vol. in-12, dem. rel., d. en t.,
   avec fig. dessinées et gravées à l'eau forte par Réveil, et des notices
   descriptives, critiques et historiques, par Duchesne aîné. Audot,
   Paris 1828.

31 bis Recueil de tableaux, statues et bas-reliefs, accompagné de notices
   descriptives et historiques, par G. Hamilton, 4 vol. in-12, dem.
   rel., d. en t. Hamilton, Paris 1831.

32 Dictionnaire des dictionnaires français, par Napoléon Landais, 2 vol.
   in-4°, rel. en un. A. Everat et C.ie, Paris 1836. *Belle reliure.*

33 Le moyen-âge et la renaissance, 5 vol. in-4°, très-belle dem. rel. mar.
   rouge., Paris 1848-51.

34 Album du palais de cristal, in-f°. Tableau historique et politique de la
   Turquie et de la Russie, in-f°, 2 vol. br.

35 L'Artiste. Revue hebdomadaire du Nord de la France, 2 vol. in-4°,
   avec pl. gravées et lithographiées.

36 Un joli petit album avec fig. relatives à l'histoire de France.

37 Journées illustrés de la révolution de 1848, accompagné de 600 grav.,
   in-f°, dem. rel.

38 Numismatique Lilloise, ou description des monnaies, médailles, jetons,
   méreaux, etc., de Lille. Essai par Ed. Vanhende. Très-beau vol.
   in-8., br., avec planches. *Epuisé.*

39 Histoire numismatique de la révolution française, par Hennin, in-4°,
   avec 95 pl., dem. rel., Paris, J. S. Merlin, 1826.

40 Trésor de Numismatique et de Glyptique, ou recueil général de médailles, monnaies, etc., gravés d'après le procédé de M. Ach. Collas avec
   un texte, par Ch. Lenormant, 20 vol. in-f°, dont 15 reliés et les autres en feuilles. Paris, Rittner et Goupil. 1834-44.

41 Livre imprimé en caractères chinois.

42 Manuscrit arabe.

43 Quelques lots varia.

44 Un carton de gravures, lithographies et photographies.

45   Une armoire garnie de plusieurs tiroirs pouvant contenir des médailles et surmontée d'une vitrine servant de bibliothèque.